KB124325

희망이 있으니까 기다린다

김동우 시인
1956년 1월 4일 서울생
서울예술대학 문예창작과 졸업
대한출판문화협회 편집인 대학 수료
금성출판사 세계문학부 근무
영림카디널 편집장 재직
'낮달' 시 동인으로 시 창작 활동
▲ 저서: 시집 『번뇌의 시간, 꽃으로 피다』 『야생화』 출간

희망이 있으니까 기다린다

초판 인쇄 / 2023년 3월 20일
초판 발행 / 2023년 3월 28일

지은이 / 김동우
펴낸곳 / 도서출판 말벗
펴낸이 / 박관홍
신고일 / 2007년 11월 2일

주소 / 서울 노원구 덕릉로 127길 25 상가동 2층 204-384호
전화 / 02)774-5600
팩스 / 02)720-7500
메일 / malbut1@naver.com
ISBN 979-11-88286-35-5 03810

www.malbut.co.kr
© 2023 김동우

하림시인선 09

희망이 있으니까 기다린다

김동우 시인

천국으로 가는 꽃이 웃고들 피는 저 하늘에는…

저 상처를 받은 마음들이요 마침표가 없는 거기서요 어느 점도 하나 없이요 기분이 좋게 다…

지금 세 번째 시집을 내고 있는 김동우 안드레아 그 시인이 새롭게 피는 예쁜 꽃을 보고 사랑하는 그 마음이 몹시 아프다고 해도 어느 마음이든 조금만 참고 있어도요

그게요, 어디서든 대개는 행복이라고 합니다

그 꽃, 그 시인 그 작가의 말

누가요

어려서 수많은 풍경을 보고 예쁘게 그림을 그리고는 화가가 꿈이었던, 그러다가 어느 날 젊어서는 한때나마 신부가 되고 싶었던 내 젊은 날의 아픔으로 남아 있는 그 기억 속의 그 사랑이 후일에는 시를 어여쁘게 쓰는 시인이 되어서요 나이가 좀 든 지금까지도 보이는 모든 것을 아름답게 꽃으로 표현하고 있어요

어느 꽃이든 웃고들 핀 저 들꽃들이 그래 보여요

사람들 살아가는 것도 무엇이든 꽃으로 보면 저 꽃들과 다를 바가 없다고 해요 지금 내 슬픈 마음이 아프다고 하면서도요 예쁜 꽃으로 그러네요 가만히 웃다가도 작은 꽃이

예쁘게 피는 것처럼

　세상 그 모든 것이 다 행복한 꽃이면 좋겠어요 시집 속에 험한 들과 산에서네요 저 야생화처럼 돌보는 이 없어도 멋진 모습으로인 저 들꽃처럼

　민들레가 하얗게 노랗게들 웃고들 피어서는 어디서든 누군가의 몹쓸 발에 밟혀서도 민초들이 웃고들 꽃으로 피어 있는 그 곳에서는 지금도 언제든지요, 모두가 다들 꽃이래요, 화목하게 수많은 누군가가 아무도 모르게 사랑으로 가꾸고 있는 저 꽃밭에서요 해맑게 아이들도 웃고 있어요

　사랑이 어디서든 꽃으로 웃고들 피는 그 곳이요, 제 시집 속에서도 웃고들 피어 있어요 그것도 사랑하는 예쁜 꽃처럼 보여지는 것들이 전부가 다 전부터 그 꽃이어라 다시 한 번 더 보고 싶은 그 예뻐 보이는 저 꽃님네들 그 마음이 가지각색으로 시 속에 잔잔하게들 피어 있습니다 누군가의 힘이 드는 마음들 그 가슴 속에도 그 꽃을 다 함께 어울려서 저 마다의 예쁜 마음으로 보고 또 보고 웃으면서들 웃음꽃이래요 뭐든 험하게 사는 어부들의 거친 바닷가에서도 꿈을 꾸면 그렇게 보인다고 하더이다

　모든 꽃으로 보려는 아름답게 마음이 아프다고 하는 그 시인의 가슴 속에는, 지금도 저 눈에 보이는 그 모든 것이 시를 쓰면 저절로 보인다는 꽃이어라

　누군가의 여전히, 마음을 예쁘게들 웃고서요 보는 꽃보다 아름다운 그 시가

2023년 새 봄에

차례

1부
그리움

꽃님네들

웃고들 바람이어라

꽃님네들
그 웃고들 파르르 떠는
그 모습 말이어라

그 꽃님네들
뭐가 그리들 좋은지
전혀 한 번도 인상 쓰는
그런 일이 없더이다

그저 웃고들 바람이어라

다들 사는 게
즐겁지 않냐고 하네

꽃님네들 웃고 있는
그 바람

꽃씨 Ⅱ

봄바람 부는 계절에는
어디든 흙이 있는 곳에
그 꽃씨
하나하나
살살 뿌려만 주어도
꽃으로들 핀다고 하더이다

자연이 우리에게 주는
봄날의 선물이어라

그 꽃씨 하나하나가
푸른 싹을 틔우고
모두가 웃고들 있어요
봄이어 좋다고 하더이다

모두 모두 꽃인
그 봄날

노래

노란 것이
사람들의 마음을 울린다

노랗게 핀 유채꽃이 봄을 전하고
개나리가 옹기종기 모여
그들 역시 봄을 전하고 있네

노래 한 아이가
봄을 전하고 있는 꽃님네들
그 봄이 왔다는 소리를
청아한 목소리로 부르고 있네

예술이다
노란 것의 그 울림
봄이어라 봄

눈으로 보고 소리로 전해지는
그 봄 봄

걱정

대개는 처음이어도 의심부터 한다
겪어보지도 않고
그 걱정 비밀이 탄로 날까
아무에게도 얘길 안 했지 하며
다짜고짜로 의심부터 하네

음지에서 꽂이고 싶은 그 마음

숨어서들 스스로 꽂이어라

남들 앞에서는
자신이 없어 보이는
숨어서 피는 그 꽂이어라

아무도 관심들이 없네
걱정들 본인 말고는

의심스러운 스스로들의 그 꽃

웃음 Ⅱ

환하다
매우 밝은 느낌이
상대방을 기분 좋게 해주는
그 웃음

누가 웃든
웃고 있는 꽃이어라
모두에게 다들 꽃이어라

흐뭇하게 바라보는 그 마음
서로에게 위로가 되네

밝게 웃고 있는
저 햇살처럼
모두에게 위로만이 아니라
힘이 되어 주네

유난히 환하게 밝은
그 웃음

쑥 I

꽃을 먹는다
쑥쑥 자라는 그 쑥 말고도
냉이며 달래 등등
쑥국쑥국 도다리 쑥국
냉이 달래 무침 맛있게들

꽃으로 피는 봄날이어라
그 봄이 꽃님네들 보는 것만이 아니었네

쑥
지천으로 깔린 이 나물 저 나물
무쳐서도 먹는 봄이어라
이것저것 서로 버무려져
어우러져 있는 그 모습이

모두가 봄이어라
웃고들 보는 것도
먹는 것도
다들 쑥쑥
그 꽃처럼 보이는 봄봄

쑥 Ⅱ

봄이어라
다들 그 봄이어라

쑥
쑥쑥
자라는 그런 봄이어라

겨울잠에서
기지개를 켜고
그 잠에서 깨어나

쑥쑥 쑥
튀어나오고
여기저기 모두가
웃고 있네

생동감 넘치는
쑥쑥 어린 싹이
자라고 있는

저기 저 푸른 들판의 모습

대지가 새롭게 움직이는
겨우내 기다리던 봄이어라

그 봄이
봄봄 쑥쑥
쑥

20

고약한 심보

그 하는 짓들이 참 못마땅하네

꽃을 보다가 무슨 짓인고
고약한 심보

그냥 바라다보기만 해도
모두가 좋은데
꽃님네들 그 모습

그런데 가까이 다가가
그 꽃을 꺾고 있네
참 못되게도 그 하는 짓들이
어찌 그러는가

꽃님네들 웃고 있는 그 모습이
순식간에 울상이어라

놀부 심보만도 못한
그 고약한 심보

생색

말로들 다 한다

가지각색이어라
어디서든 울긋불긋 말이어라

생색

꽃이 아닌 것이
꽃처럼 보이려고
애를 쓰고 있네

꽃님네들 웃고 있네
저절로 비교가 되네

그것 참일세
보기가 딱하기도 하이
그 생색

여유

짜증 내고 살 필요가 없다고 하더이다
그럴 시간도 없다고

마음의 폭이 넓은 자의
그 이유 있는 여유

짜증 나는 일에도 웃고들
그런 그 마음속을 비집고
들어오는 그것이
비집고 들어온 모든 것을
꽃의 모습으로 이끌고 있네

무언가를 얻기 위해
긴 시간 기다리는 동안
길가에 핀 꽃님네들
그 웃는 모습을
기분 좋게 덤으로 보고 있다

사는 일

아무것 아닌 듯해도
웃고들 사는 동네는 말이네
꽃이 피고
사는 일

그 일이 말이어라
그렇지 못하는 동네는
그것이 아니더라
아이고 다들 큰일이어라
다들 꽃이 피는 그것 말이네

아무것 아닌 것처럼 보여도
그렇게들 하네

꽃으로 피는 그것 말이어라
사는 일 그것

치유

봄이어라

꽃님네 웃고들 피는
봄이어라

치유

웃고들
그 봄이어라

마음속에 꽃님네들이
웃고들 있네

치유된 그 마음

할미꽃

산등성이에
홀로 피운 그 꽃

할미가 걱정하는 마음 가득
저 산 아래 굽어보네
그 걱정하는 마음 가득 담아

할미꽃
허리 한 번 제대로
펴보지 못하고서들

보라보라 저 보라
그 보랏빛 걱정스런 마음
꽃이 피는 봄이 왔어도
늘 마음이 편하지 않게들
봄이어라 봄

할미 걱정스런 마음이 담긴
그 꽃 할미

변화

내가 바뀌면 된다

그날이 그날인 내 세상
나만의 틀에서
벗어나면 되더이다

그 변화
다시 보는
그 세상이 말이네

다 꽃이더라
변화

핑계

마치 자기가
꽃인 것처럼 말을 하고 있다

핑크 빛이 나는
꽃처럼 말이어라
꽃도 아닌 그것이 사람들
마음속을 흔들고 있네

핑계

실은 어는 것도 다
하기 싫어 이유만을
늘어놓고 그것 대개는
다들 게으른 탓이어라

해야 할 일들 앞에 두고
이 핑계 저 핑계

혼란

말들이 너무 많다
저마다
꽃이라고 하더이다

혼란
호접란도 아닌
그것이 말이어라
꽃밭에서 웃고 있는
저 꽃님네들 그 모습
뭉개고들 있네

꽃도 아닌 그것이
저마다 다들 꽃이라고
혼란과 호접란이 뭐가 그리
다르다며 우기고들 말이어라

뭉개진 꽃님네들 아이고
힘들어 죽겠다는데
말들이 너무 많네

감

어느 할매
영감 보고 이야기를 하네
영감 말고도 감 종류가 많소

땡감 떨어지네
다들 떫은맛이어라
단감 보고는 입에 물며
단맛이라고 하네

꽃처럼 처마 밑에
주렁주렁 늘어지게 달린
곶감도 있다며

감
그 감
말이어라

할매 다시 하시는 말씀
영감 자세히 보고는 웃네

쭈글쭈글 그렇게 보여도 말이네

떫든 달든
꽃으로 보인들
늘그막에 무슨 소용인고

서로 늙어가는 그 할매
늙었어도 편하게 보이는 영감의
그 모습이 좋다고
뒤늦게나마 감 잡고
영감 영감
그 영감
이제야 보네

그 칭찬

칭찬이 사람들 힘들게 하고 있다
고래도 춤을 추게 하는
그 칭찬

고래고래 그 고래도
춤을 추고는 있지만
고래고래 크게 소리 지르고
힘이 드는 일이어라

사람들도
그렇다네
잘해 잘들 하고 있네
그리들 부추기는데

이 사람
저 사람들
이것저것 힘이 들어도
뭐라 달리 말을 할 수가 없네
어쩔 수도 없다고 하네
다들 그 칭찬 한마디가

코 끼고 들이지
모두가 보는 앞에서
꽃으로 피는 일이라고 하여

나무 그늘

그늘이 어두운 것만은 아니더라

햇살 따가운 날
지나가는 객들에게
모두 모두 쉬어가라고
그늘이 되어주는
그 나무 그늘

쉬어가는 마음들이
그곳에서 여러 이야기
꽃을 피우고 있네

다들 웃고 있네
그늘진 곳에 어둠만이
있었던 것이 아니었네

꽃님네들 그 마음이 이야기
꽃으로들 즐겁게 웃고 있었네

편하게들 쉬고 있는 그곳
그늘이네만 모두가 다들
웃고들 꽃이어라

그늘 그늘
그 나무 그늘 아래

아, 자

할 수 있다

불가능해 보이는 어떤 일도
해낼 수 있다

아, 자
입을 크게 벌려
그렇게들 말을 하더이다
입으로 전해지는
꽃의 모습이어라

힘찬 그 모습에 모두가
웃고들 있네

꽃님네들 길가에 가지런히 서
응원을 하더이다

아, 자
아, 자

정의

무력으로 실현되는 일이 아니어라

올바른 마음이 하는 일이라고
그렇게들 말을 하더이다

정의
마음속에 피는
꽃이어라

하얗게 피었네
깨끗한 하얀 꽃으로들 피었네
꽃이어라
다들 꽃이려니 하여라

정의롭다고들 하는
그 꽃

희망 Ⅱ

가나다라 마바사
아야어여 오요우유
세상을 한글로 엮어보고 싶네

희망

자연의 느낌을 전하고
숨어서 피는 그 꽃이
희망이기를 바라는 마음

밟혀서도 웃고들 피어 있는
저 민들레처럼

웃네 웃네
다들 그 희망 이어

다짐

늙은 마음인데
뭐든 후회하지 않고
살아보려고 하네요

꽃으로 피는 일이어라
남은 사람들에게
말이어라

다짐
그 다짐
진짜인지 아닌지
다들 궁금하다고 하네

진짜여라
믿든 말든 상관없이 진짜여라
그 늙은 마음

믿어도 좋네
그 다짐

그 행복

좀 부족해 보여도
부족하면 부족한 대로
만족하며 살면
그게 다들 행복이네

그 행복
그렇게 사는 사람들
뭐든 부족해 보여도 말이네
불만이 없다고들 하더이다

지나가는 사람들
쳐다보지 않아도

웃고들 피어 있는
여느 길가에
구석진 곳에 자리한 들꽃의
소박한 마음이라고 하더이다

좀 부족한들 어떠냐
전혀 없는 것들보다는 낫지 않나?
저 들에 피어 있는 꽃님네들처럼
누가 보든 말든 뭐라고 해도
그저 웃고들 사네
허허 히죽 웃고들

간결

꽃님네들 웃고 있네
복잡하지 않아서 좋다
그저 웃고들 있네

간결
그 간결한 것은
대개는 다들 아름답다

그 꽃님네들
웃고들 하는 그것
따지고들 복잡할 이유가 없다고 하네

그러지도 못하는 사람들
그저 웃고만 있어도
꽃님네들 그 모습일 터인데

어쩐 일인지 숨바꼭질
무궁화꽃이 피었습니다
술래잡기하며 힘들게 사네

나물 전

봄에 나오는
온갖 나물로 전을 부쳐놓고
그 부침개를
먹어보라고 하네

나물 전
그 안에 온갖 봄이
다 들어 있다고
쑥 냉이 달래 등등
그 봄이 프라이팬 안에서
웃고들 있네

그 나물 전 맛있네
맛있게들 먹어보라고

봄이어라
다들 그 봄이어라

나물로도 전을 부쳐 먹는
그 봄 봄

그리움 Ⅳ

하늘에 대고 손을 흔들어 본다

지금은 없는 사람이
저 하늘에 분명 있으리라
생각하고

그리움
지금 그 자리에 없는 사람이
보고 싶다고 하네

보고파라 그것이

마음 한구석에 피어 있는
상처를 입은 것처럼 보이는
빨간 꽃이어라

가신 님의
그 모습

2부
희망이 있으니까 기다린다

보듬다 Ⅱ

보듬어라 봄이어라

보듬고 있는 그것이
꽃으로 피어 있어
웃고들 봄이어라

보듬다
사랑의 모습이기도 한 그것이
여기저기서 웃고
꽃으로 피어 있네

보듬어라 봄이어라
다들 그 봄이 왔다고
좋아서 웃고들 있더이다

모두의 마음 안에
도사리고 있던
그 봄 봄

저기 저 민들레 영토

민들레 홀씨 되어 나빌레라

안 깔린 데가 없더이다
그 민들레 홀씨 말이어라

어느 봄이든 그 봄이 찾아오면
웃고들 피네

그네들 그 모습
밟혀서도 웃는 그 봄이어라
사는 것이 뭐 별거더냐 모든 것이
밟혀서도 웃고들 보면 봄이어라

저기 저 민들레 영토
하얗게들 노랗게들 널리 널리 퍼져
예쁜 꽃으로 피어 웃고 있네

온 세상이 다들
하얗고 노란 그것
밟혀서도 그 이쁜 꽃으로
피어 있는 모두가 좋아하는 봄

봄이어라
그 웃고들 있는 봄, 봄

진화

가만히 있지 못하고 있네
좀이 쑤셔서들 말이어라
나날이 새로워지고들 있네
새로워지는 그것

진화
그걸 우리는
꽃이라고도 부르네

어제와는 다른 새롭게 태어나는
그것들 말이어라
꽃이어라 꽃이더라

지금까지와는 다르게
진화된 그 모습이 여기저기
많은 사람에게

새로운 형태로
꽃님네들처럼 웃고 있네

출발선

끝이 난 곳에 새로운
선을
긋고 있네

출발선

인생 이젠 무얼 하며 사나
걱정이었던 은퇴 이후의 삶에
꽃으로들 피는 경계여라

그 출발선

새로운 꽃의 모습이 되고 싶어
웃고들 말이어라

그곳에서 다시
시작해 보네

희망이 있으니까 기다린다

모두가 그러는 그 꽃이
지금은 기다림이다 꿈을 꾸네
희망이 있으니까 다들 기다린다
그 기다림은 대개 꽃이다

어디서든 그러다가 붉은빛으로
실망은 아닌가
꽃을 보고 있다
그 아픔이 있었기 때문에 그런가

지금은 기다림이
그게 이상해서 그냥
저 희망을 주고 있다

꽃으로 피어 참말로
어디서든 머뭇거리지 않고
지금도 계속 다들 그런다

꿈을 꾸고 있다
그것도 예쁘게 그 꽃이다

화해 방법이 결국은 행복이라는 저 꽃

꽃
꽃꽃
꽃꽃꽃
꽃꽃꽃꽃
꽃꽃꽃꽃꽃
꽃꽃꽃꽃꽃꽃

화해의 방법이 결국은 예쁜 꽃이여
글쎄요
여섯 꽃이 한 곳에서
다 함께 곧바로 웃고 있어야
비로소 행복하게 보이는 꽃

요즘은 혼자서는 벅차게 보이는 그 꽃이
지금도 늘 바쁘다
가만히 있을 틈이 없다
그게 이상해서들 그러니까
지금은 어느 누가 봐도 행복하기 위해

바쁘더라도 사랑이 서둘러
그리들 했다고 봅니다
다들 보기 좋게
저기 있다는 거
그 꽃이 모두 전부터인가 봐요
그게요
그런 그건가요

저 꽃을 보며 웃고요
어디서든 그 꽃이

어디서든 웃고들 그렇게 즐겁게 사는 것이

그 꽃이다
저 꽃이다
누군가에게는 예쁘게들
그 웃음인 꽃이어라

봐요 봐
다들 봐요
보고는 있나요
어서들 보시라고요
진심인 그 마음으로요
누구한테도요

뭐든지 믿음 안에서 그렇지 않나요
그렇지 않은가요
다 그렇지 않은가 봐요
사랑하는 마음이 아프다고 해도
그런 행복은 다 여전하던데요
그런데도 불편이 무언가 1% 부족한가 보다

지금도 그 아픔이
겪어보니까 그렇더라
전부터 궁금했는데
그 궁금한 것이 전혀 다른
그 예쁜 꽃

지금 그들이
심하게 말하고 있는
저 꽃밭에서는 즐겁게들
그게 아니었다
어떤 그 꽃

투정

마음에 안 든다고 다들 투정일세
두 개의 정인데
그걸 모르고 세상 사는 일이
다 그렇네

투정 그것도 정이려니 하고
살면 모두가 편한데
그 정이 없으면 투정도 없는데
모두 관심 밖이어라

정이 있어 하는 그 투정
못마땅해 보여도
훗날에는 그것도 다들
꽃으로 피어나는 시련이지
살면 모두가 편할 것이네

마음에 안 든다고 투정일세
꽃이어라
꽃님이 되고 싶은 마음이어라

상대가 이미 그 마음속에
들어 있어 그러하리라
어딘가에서 그렇게나마
꽃으로들 피고 싶어

그 모습

그 모습이 아름답더이다
늘 푸른 소나무
늘 곧게 뻗은 대나무 등
모두가 아름답네

하늘도 푸르네
곧게 뻗은 대나무의
마음도 푸르네
저기 저 소나무 늘 푸른 것처럼

그 모습
소나무든 대나무든 다들
그 모습이 아름답네요
푸른 싹이 웃고들 돋네요

봄이어서 웃고
푸른 봄이어라

봄날에는 모두가 다들
그렇다고들 하네

누가 뭐라고 해도
그 봄 봄

선심

그 착한 마음

언제나 봄이여
꽃이 저절로 필 것이라고 믿는데
세상 사는 게 꼭
그 마음만 같지는 않네

여기저기 자세히 살펴보면
꽃이 되고 싶은데 여건이
그렇지 못한 사람들이 많네

선심
그곳에서
꽃이 되고 싶은데
피어보지도 못하고
떨어지는 꽃봉오리들의
그 모습을 보네

늘 봄인 그 마음 안에
그 선심

여건이 맞지 않아
끝내는 상처 입고
떨어져 내린 그 꽃봉오리를
안타까움으로 보듬고 있네

화사한 냄비

누가 봐도
멋져 보이는 저기
저 화사한 냄비

그 안에 봄을 넣고 끓여 보네
뽀글뽀글 부풀어 오르는
열기가 대단하네

그 뽀글뽀글 다
어디서든 말이네

봄이어라
다만 그걸 바라보는 마음이
다들 화사해 보이는 냄비 안
그 봄 말이네

빨리 시들지만 않았으면
좋겠다고 하네

꽃의 속내

웃고들 있는 그 속내를
자세히 들여다보아도
잘 알 수 있는 것이 아니어도
그 꽃님네들 언제나
웃고들 있네

꽃의 속내
웃고들 있는 그 모습이
사랑은 아닐는지 짐작은 해보네

사랑하는 사람들의 그 모습도
웃고들 있어 그렇네

웃어 봐요
꽃님네들처럼 웃어 봐요
다들 그걸 사랑이라고 해요

간단한 진리

믿음이 가네요
그렇게들 생각하고 살면
세상 사는 게 참말로 편하더이다
즐겁기도 하네요
모든 것이 말이네요
꽃으로들 보여
그 간단한 진리

의심부터 하면
모두가 짜증이고 걱정이던데
그걸 왜 진즉에 몰랐던고

늘그막에 알아
뒤늦은 후회로 남네만
바삐 살다 보면 그럴 수도
있으려니 하네

은퇴 후 새롭게 살아보려는
그 마음에는
늦었어도 고마움이어라

그 간단한 진리
지난 시절 바삐 지나치다
보지 못했던 길가에
들꽃 한 송이가 여기저기에
해맑게 웃고들 피어 있네

잡초

밟히고 천대받는 그 잡초
밟혀서도 말이네
살아 있는 그 자체만으로도 좋다고
웃고들 꽃을 피우고 있다

민초라고 불리는 그네들
그 모습이 그리 좋아 보이지 않고
참말로 겉보기에는 힘든 상황이어도
정작 웃고 있는 것을 보면
힘이 드는 것과 웃고들 사는 것은
서로 별개인 것처럼 보여요

잡초라네
잡초라고 해도 좋아요
누가 밟는다고 해도 글쎄
그네들 모습이 다르지 않아요
해맑게 어디서든 말이네
웃고들 피어 있는
길가에 저 민들레 들꽃

공존

눈보라가 쳐도
험한 일이 닥쳐와도
손에 손을 잡고 가는 길이어라

함께 살아가는
그 일이 말이네요

공존,
어깨동무 내 동무들 하며
모두를 웃음꽃으로 이끌고 있어요

보기에 좋더라
함께들 웃고 가는 그 모습

어딜 가든 꽃의 모습이더라
그 공존

홍어 애

애를 태우네
속이 상하게들

말랑말랑한 그것이
애간장을 녹이고 있는데도
그 홍어 애
어느 것이든
홍어의 꽃이라고 하더이다

쉽사리 피는 것은 아니라며
삭혀서도 꽃이라고 하네

사람들 마음속에
꽃으로 피어나는 것도
애간장 녹이고
그렇다고들 해요

그 애가 타네

어화

노래하듯 흥겹게 소리를 내는
그 소리 말이어라
어화 즐겁게 하는 것을 보면
다들 꽃이려니 하네요

어화둥둥 꽃이 피네
사람들이 즐거운 일에
너도나도 꽃을 본 듯이

꽃님네 웃고 있는 그 옆에서
벌과 나비들이 춤을 추네

어화둥둥
에헤야 디야
어화

돌탑 Ⅱ

듣기엔 꽤 정겹게 들리네

그러기는 해도
그곳에는 돌 만큼이나
무거운 마음들이 담겨 있다

돌탑
여러 무거운 돌
정성을 들여 켜켜이 쌓고

사람들 살아가며
무겁게만 느껴지는 욕심이기도 한
그런 마음을 그곳에 내려놓네

온갖 정성 들여 쌓은 그 마음
우리네 무거운 짐을
가볍게들 내려놓고서
험한 곳에 피는 꽃이어라

웃네
웃고들 있네

돌탑 그 높은 곳에 핀
마음의 그 꽃

풀잎

저기 저 푸른 풀잎을 보네

밟혀서도 파르르
떨며 웃고 있네

그런 그 풀잎
늘 푸른 마음이어라

어느 누가 뭐라고들 해도
하든 말든 말이네

다들 아무런 상관이 없어라
꽃으로도 피어 있네

들꽃 들꽃
그 꽃들 말이어라

늘 푸른
풀잎들의 그 세상

성

닫혀 있으면 대치 상태고
활짝 열려 있으면 사랑이어라
견고한 그것 말이네요
그 성

하지만 한 쪽으로는
열려 있기도 하다
사랑이 그렇다고 하더이다

성문을 여네
사랑, 사랑 그 사랑이

그 성안에 봄이 왔다고
꽃이 피어 있다고

성문을 열고
미소를 짓는 그 모습이

누가 봐도 보기 좋게 야하네

저 별

그 별이 뜨면
꿈을 꾸는 밤이어라
어둠이 내려온 그 시간
밤하늘에 별을 보며 말이어라
고운 꿈을 꾸네

저 별 이 별도 있고
그 별도 있지만
북두칠성 오작교에서
견우와 직녀가 만나는
그런 꿈을 꾸네

수많은 별 중에서
이 생각 저 생각들이
별 하나 따서 품에 안아 본다

꿈이어라
다들 꽃이어라

밤하늘에 반짝이는 저 별

질서

자기 자리를 아는 일이다

무질서한 곳에서도
자기 자리를 찾아서 가네요

질서
그 자리에
누가 뭐라고 하든

꽂이고 싶어

이런 봄

매화꽃 향기 가득
그윽한 봄이어라

이런 봄 냄새로 맡게 되는
그런 봄도 있었구나
이런 날에는 바람이 불어도 좋네
봄바람이어라

그 봄바람이 전하고 있는 그것
봄의 향기여라
그 냄새에 취하는
봄의 향내 말이어라

예전에는 모르던 이런 봄이 있었구나

다들 꽃이어라
다들이지 꽃으로들 피어나네

여기서도 웃고
저기서도 웃고

매화꽃 향기 가득
그윽한 그 봄이어라

모두가 좋아하는 봄이어라
그 봄날

범위

보는 눈

그 범위를 넓히면
보이는 게 많고 글쎄다
그 범위를 좁히면 말이네
보일 것도 보이지 않더이다

범위

속 좁고 아집에 쌓인 사람들
그들만이 갖는 개념 밖에서도
꽃이 핀 것을 모르고들 사네

그들 안 그들만의 그 세상
한 발자국만 내딛어도
세상 모두가 꽃인 그것을

돌아보면

꽃이 아닌 것이 없었더라

지난
그 시절이

돌아보면 다들
꽃이었다고 하더이다

그걸 모르고 지나친 것이
이제 와 아쉬움으로 남네

모르고 지나쳤지만
꽃이었던 그 시절이

빛바랜 사진 속에서
아~유 아쉬워하며 웃고 있네
뒤돌아보며

꾸준한 마음

꽃의 모습이어라
항상 그 자리를 지키고 있는
마음이 있다

꽃이어라
꽃의 모습이어라
그 꾸준한 마음

늘 같은 곳에
웃고들 피어 있어요

꽃이어라
사랑이기도 하여라

늘 그 자리에 있는
마음 한 구석

꽃의 모습이네요
웃고 있는

화나요

좋아요
나빠요
그런 것이 없네

화나요
그건 있네
아주아주 그 이상한 사회

화나요
화가 나요

웃고들 핀
꽃님네들 글쎄다 하며
인상들 쓰고 있네

화가 많이
나요

3부
십자가

재탕

이미 본 적이 있는 것을
또 보네요

재탕
종편 방송에서는
아주 흔한 일이기도 하다

그런데 말일세
그 재탕

진즉 버리려 했던
먹다가 남아 상한 음식을
다시 끓여서들 먹으라고 하네

그 재탕 말이어라

참말로 세상 험하게 돌다보니
별일도 다 있네

다시 끓여서들 그렇게라도
먹고는 살아야 되나
말아야 되나

다들 생각지도 않은 고민일세
그 재탕

무심

마음속에 마음이 없다고 하네
맞는 것도 같네

무심
그 무심 자세히 들여다보니
그런 것 같네

낚시꾼들 하는 짓 보게
세월을 낚는다면서
미끼를 던져 물고기를 낚고 있네
마음이 하는 짓은 아닌 듯싶네

그저 재미 삼아 하는 그 짓
마음속에 마음이 있으면
쉽게 할 수 있는 일이 아니어라

생각이 많았을 것이네
해야 하나
말아야 하나

사람이든 미물이든 말이어라
미끼를 던져 남의 목숨을 갖고 노는
그것 낚시 말이네

어찌 보면
애꿎은 살생이기도

종소리

학교 종이 땡땡땡
아이들이 신이 났어요
다들 집에 가라고 하네요
수업이 끝이 났다고

그런 소리가 있는가 하면
성당의 종소리 은은하게 울리고
바삐 가던 길을 멈추게 하네요
하루 세 번 울려 퍼지는
그 성당의 종소리
하늘 바라 기도하는
마음이라고 해요

종소리 울리네
종소리 울려 퍼지네
어느 종소리든 사람들 마음을
마구 흔들고 있네요
딸랑딸랑 딸랑

연

그 연을 날리고 있다

날리는 마음이 하늘이어라
그 연이 날고 있는 곳도 하늘이어라

연
연꽃이 날리고 있네
바람 부는 곳에 바라고들
그 염원하는 마음들이
담겨 있네

저 하늘
하늘

김치

다들 맛있다고 한다
그 김치

익은 맛이다
묵은 맛이기도 하다
김치 김치라고 하면 웃는 것도
그런 마음이리라

낯이 익은 사람들 모여
묵은 추억 하나
만들어 보려고들
웃고 있지

사진 한 컷 찍네
그 김치

풍선

바람이 빠지거나 뾰족한 곳에 찔리면 큰일인데
너무 부풀려져 있다
풍선 효과를 바라보고 그 짓 한다는데
효과가 있을는지 아무도 모르네

그 풍선

하늘을 나는 것
그럴 듯하게 보여도
그 속에 든 것은 그저 바람뿐

사람들 모두
이미 부풀어질 대로 부풀어진 그 풍선을
여전히 열심히 불고 있는 것을
불안한 마음으로 보고 있다

하늘 나는 것 좋아하다가
터질 일만 남아 있네

어쩌다 이런 일을
책임지는 사람도 없다
참말로 추잡하게도 산다

바람들 불고 노는 그것
풍선 크게 만들기
금방이라도 터질 것 같아
모두 말이네

더는 보고 있기가 아슬아슬하다

하늘에 빛

무슨 빛깔일까

해님의 빛깔 빨간 것은 아는데
무지개 그 빛깔도 말이어라
빨주노초파남보 가지각색
여러 빛깔인 것은 아는데

하늘의 빛
그 투명한 빛은
어디서 보내오는 빛깔일까

빛이시어
그 빛이시여

주님 바라보네
주 하느님의 거룩한 마음

하늘에 투명한
그 빛

염소

수염이 났다고 어른 행세 하네

그 염소 어른 노릇하는
그네 젊음이 쉽지 않네

실지로 수염 난 어르신들의 근엄함
거기까지는 따라갈 수가 없더라도

긴 수염을 쓸어안는데
어흥 어흥
어흠

오지의 봄

저기 저 깊은 산골짜기에도 봄은 오네

겨우내 얼었던 눈이 녹고
여기저기 이름 모를 꽃들이 피고

오지 오지 봄이 오지
보지 보지 그 봄이 오는 것을
보고 있지요
봄이어라
그 오지의 봄

가지각색으로
꽃님네들 웃고 피는 봄이어라

오지 오지 깊은 산골짜기
그 오지에도 말이어라
누가 뭐라고 해도

지금 보고 있는
그 봄

한글로 받아쓰기

시를 쓰고 있다
자연이 주는 그 느낌을 그대로
받아서 쓰고 있네
다 한글로
가나다라 마바 사아
자차 카타 파하

비슷한 듯 전혀 다른 것이 모여
소리는 없어도 감칠 맛나게
화음을 이루고 있네
자연이 주는 그 느낌
한글로 받아쓰기

시가 되어 화음이 되어
여러 마음을 흔들고 있네
노랫가락 울리듯
기분 좋은 마음으로 흔들고
시를 쓰고 있는
그 한글 받아쓰기

물방울

어딘가로 흘러가고 싶은 마음이 가득
그 하나의 물방울
작은 것이 모여 강물이 되더이다

강물이 흘러가서 바다가 되는데
움직이지 않는 물방울은 어디서든
그저 근심이어라

햇볕 내리쬐는 것이 두렵다고 하네
해님 바라보며 웃고 있는데

저만 마를까 보아
가진 애를 태우고 있네
그 물방울 눈물로도 보여

덩달아 따라 하는 그 짓

바다가 너울너울 춤을 춘다
고래도 넘실거리고 있는
그 파도에 춤을 추네
어부들 만선의 꿈이 이루어지길
기다리며 그 바다를 바라보는 마음

덩달아 따라 하는 그 짓
어부도 덩실덩실 더덩실
따라서들 춤을 춘다

희망이어라
물고기 잡는 어부들
만선의 그 꿈

저 바다가
어부의 마음을
아는지 모르는지
하얀 거품들 토해내며 춤을 춘다

십자가

땅바닥에 열십자 그어놓고
하늘을 본다

사랑인가 상처인가
가늠해 보는데

십자가

가로세로 그 마음을 알 수가 없다
저 아무 이유도 모르고
누워 있는 죽은 자의
그 참담한 모습을 보고 있네
슬픈 마음으로들

하늘이시어
그 하늘이시여

벌건 대낮에 저 처참한 모습
웬 말인고

누가 보기에도 사랑보다는
상처를 입은 모습이네

십자가의 아픈 말이네
다 하늘의 금이어라

땅바닥에 열십자 그어놓는 그것
누굴 원망하리오
모두가 우리 탓이기도 한데

쓸데없는 저 전쟁과 평화
내 탓이네
우리들 그 욕심이 부른
잘못된 내 탓

꽈배기

꼬여 있어도 맛있네
설탕을 뿌려서 그런가
그 꽈배기

그 꼬인 것을
입으로 뚝뚝 끊어서 먹네

그 꽈배기
꼬인 것을 인위적으로
풀 수는 없지만

꼬여 있는 것을 그렇게나마
해결할 방법도 있네

설탕 뿌려
입으로들 맛있게
뚝뚝 끊어

소통

여물을 담아두네
소가 먹을 소여물 말이어라
소통
소의 먹을 것을 담는
소 밥통이다

소가 늘어지게
자빠지고들 말이어라
오매불망

그 소통들 한답시고
다들 아니어라
음메 음메

겁나게들 말이네
배가 고플 때들 말고는
말이 없더이다

음음 음메들
오매 불망

물타기

소주에 물을 탄다

반은 소주고
반은 물
이 맛도 저 맛도 아니어라

술은 마시고 싶은데
주변에서 잔소리들 하는 사람 많아
그렇기도 하지만

물타기

소주에 물타기
소주가 아니고도
먹는 것 가지고들
쓴맛 단맛 그것 말이네

이건 되고 저건 아니네 하며 뭐가
그리 가려서 하라는 것이 많은지

그 잔소리가 듣기 싫어
그렇게라도 사네

어디든
물을 타네 싱겁게

알코올 중독자 말고
당뇨환자

한 끼 식사

맛으로 보는 기억하게 되는

맛이 전하고 있는
시간의 흔적
그 한 끼 식사

떠올려보면 꼭
엄마의 손맛이 남아 있더이다
평소에는 어딘가에 꼭꼭
숨어서들 말이어라

그립네요
그리워라 그 맛이

된장찌개 김치찌개 등
음식 자체는 어디서든 여전하건만
내 마음속 그 맛은 아니어라

늘 그립네
지금은 저 높은 곳
하늘에 있는 맛

우리 어매의 잊을 수 없는
그 손맛

고독

외로움은
그림자처럼 따라다니고

그리움은
저기 저 어두운 곳에서
켜켜이 먼지만 쌓여 가네

고독
독하기도 하네
살짝살짝 밀려오는
혼자만의 생각

바닷가 갯바위에 부대끼는
거센 파도가
하얀 거품을 물고 있다

그곳

전봇대가 있는 그곳이
어렸을 때는
오줌 누는 곳인 줄 알았다

그곳
개새끼들 그곳에
오줌을 누네

전봇대가 있는 그곳
개새끼나 사람들 말이네
애어른 할 것 없이 다들
오줌을 누고들 어이없게도
당연히 그러는 것인 줄 알았다

전봇대에
오줌을 누네

잘못 알고 있는
그 일

풍금

발로 밟아 바람을 넣어야
그 소리가 나요

풍금 울리는 그 소리
그게 어린 시절엔 바람이 내는
그런 소리인 줄 몰랐어요

그저 그 풍금 소리가
수업 시간 내내 말이어라
학수고대 끝나기를 기다렸네요

학교 종이 울리기를
땡땡땡

사과 먹는 소리

한 입

베어 먹는 그 소리
사각거리는 그 소리

누군가의 고개 숙인
마음을 먹고 있네

사과 먹는 소리
그 누군가의 고개 숙인
마음을 먹고들 있네요

사각사각
입 안에서
미안한 마음을 전하는
일이기도 하네

잘못된 일에 고개 숙여

립 서비스

빨갛게 립스틱 바르고
입술 그 빨간 것 내세우고
하는 그 짓
립 서비스

대개는 말로들만 하더이다
돌아서면 언제 그랬더냐
모르쇠
그 립 서비스

하도 빨개 보여
사랑인 줄 알았는데
그게 아니었네

빨갛게
립스틱 짙게
바르고 있는

그 빨간 것이
앞길을 막고 있네

이쑤시개

끼어 있는 것들과 싸움을 한다
틈 사이사이에 있는 그것
참말로들 거북하게 하네

이쑤시개
콕콕 찔러도
힘들게들 나오네

찔러 찔러들 해도
사는 것이 그렇네

다들 어딘가 거북하네
끼어 있는 것들과 싸움을 하네

찔러 찔러 마구 찔러

선장

작은 돛단배 하나를 모는데도
선장이라고 하네

그 선장
노를 젓네

낚싯대에 미끼 끼어 세월을 낚네
이리저리 노를 젓는 일이
그 세월을 보내는 일이어라

하이고 뱃사공
그 세월 타령 말고

미끼에 걸린
눈이 먼 물고기들
나 좀 살려달라고 하네

물이 흐르는 소리

여러 가지여라
조용하게
졸졸졸 흐르는
시냇물 소리도 있고
유유히 흘러가는
강물 소리도 있다

바다로 가서는
지난 그 물의 흐름을
못내 그리워하고는 말이어라

다시 돌아가고 싶은 마음이
거칠게 하얀 거품을 물며
성을 내는 파도 소리도 있더이다

물이 흐르는 소리
고요만이 있는 것은 아니었네
아파하는 마음도 있었네

물이 흐르는 그 소리

액자

정해진 틀 안에 풍경이 있다
네모가 난 액자

그 안에 여러 것이
움직이지 않는 형태로 있네

각진 창문을 보네
액자와 달리 그곳에도 있는 풍경
구름이 뭉게뭉게 흘러가더이다

그 창문 밖의 풍경을
보고 있네

액자 안의 풍경과는
전혀 다른 그 느낌
하나하나가 말이네

뭉게구름 말없이 흘러가네

물고기 그 물회가 잔뜩 화가 났다

왜 저 먼 거친 파도가
넘실거리는 그 곳
푸른 그 하늘
그 아래로 파란 옥빛 바닷가
그 꽃들이 이쁘게 놀던
저 넓고 깊은 바다 속에서
횟집 수족관으로 어느 어부들의
저 그 만선의 그 꿈에
큰 그물에 걸려서

그렇게들 잡혀온 것도 다들
다 억울한 일이던데
하필이면 우럭우럭 그 우럭들이
우럭져 저 예쁜 그런 꽃처럼
그 회를 떠서 먹는 저 맛있는 그 맛들이면
지금도 좋겠다고 그리 말하더이다

이거 어쩌면 좋노
저 어부들 그 새끼들이나

저 횟집 사장님이 직접
날로 먹는 그 꽃 회를 뜨는구나

그 나쁜 사람들이 어디서든
참 인정사정 웃고는 있는데
그 인정이 번식을 위해
저 물고기가 사정하고 그렇게 비는데도
그 물고기 목숨을 살려줄 생각이 없다

참으로 저 불쌍한 물고기가
바랄 것을 바래야지
그건 좀 조용히 절대로 꿈이라고
회로 홀라당 벗고 떠져
여느 때처럼 무지한 사람들
날로 그 누구한테 얹혀
공짜로 먹는 맛에 살기는
다 글렀다고 말했다

날로 빨간 구멍이 난 빤스까지 다 벗겨놓고
날이 선 회칼로 도마 위에 엎어놓고
난도질할 그 사람들이
여의도 그 작은 섬 그들만의 나라에
거기에 가면 수없이 참 많다던데
웬 그 지랄 지랄들인지
벌건 대낮부터 그 쓴 소주 한 잔에
다들 많이 취해서 웃고
그러고 생각들 없이 살고
남들 보기에 너무 염치가 없는

그런 줄은 아는지
이승에서 그 고시는 끝 저승에서
웃고들 만나세요

물고기를 잡은 그 새끼들이나
회를 뜬 그 개새끼나
날로 먹는 놈들이나
다 그 쓴 소주의 위로가 되었으면

허허 허겁지겁이다
헤매고 있는 저 물고기 한 마리가
저 맛있는 그 물회가 되어
잔뜩 저 화가 났다

그 물회가 저 여느 횟집에서는
그 이쁜 저 꽃이다

4부
가짜 뉴스

바다의 낭만

노을빛
그 영롱한 것이
갯바위에 닿아 물이 들면

거센 파도도
잠시 쉬어 가네

노을 그 빛이
아름다운 갯바위가 있는
그 섬마을에 다른 빛이 되어
평온을 주고 있네

바다의 낭만
그 낭만이 따로 없네
노을 그 빛이 영롱한 그런 바다를
바라보는 마음

그저 하늘과 바다가 서로
갯바위 그 위에 정겹게 어우러진
모습이어라

지금도 그대로가 좋네
언제든 내 마음도 말이어라
그곳에 있으려니 하네
노을빛이 영롱한
갯바위 그 위에

아이러니한 일상

낚시꾼이 낚싯대를 던져
살아 있는 물고기를 잡는 그 일이
평온하다고 하네

멋모르고 미끼에 걸려 잡힌 그 물고기
재수 없다고 하는데
그리들 말을 하네

아이러니한 일상

잡은 그 물고기를
산 채로 껍질 벗겨
회로 떠지고 난리도 아닌데
낚시꾼 그네들은 그걸
평온한 모습이라고 하네

그 아이러니한 일상

십자가에 못 박힌

예수님의 그 마음도
그런 생각일까

사람들 아니고도 말이어라
죽은 것들은 모를 일이어라

아이고
그 말도 되지 않는
그 평온

낙인

빨갛게 불에 그슬린
인두로 지져서 말이네
생살에 새기는 그것

낙인 찍힌 것들에겐
지울 수 없는 상처

그것이 말이네
방목하여 기르는 가축들에겐
내 것이라는 표식이기도 하지만

사람들은 그렇지 않네
여기저기 수군대고 손짓하며
어쩌다 저리 되었나
그렇게 말을 하는 죄인이어라

낙인을 찍네
네 편 내 편 가르고
말도 되지 않는 소리 하며

쓸데없이들 하네

유쾌한 이노베이션

혁신
아무것도 아닌 것이
예술이 된다

유쾌한 이노베이션
점 하나 모여 선이 되고
그 선을 따라가다가 보면
지나온 발자국 하나하나가
모두 그림이더라

혁신이든 예술

어렵게들
생각 안 해도 되네

점이 만들어 낸 그 선 따라
꾸준히들 가면 되네
웃고들 말이어라

무엇을 해도 기분들 좋게

탈

탈이 많네

탈원전처럼 무엇으로부터
벗어나고자 하는
이탈의 의미도 있고
멀쩡한 것 위에
덮어씌우는 의미도 있네
하회탈처럼 말이어라
이것 말고도 탈이 많네
탈자가 들어가는 것들의
현실 부정

탈

탈이 많네
탈이 났어라
탈탈 털리고들 말이어라

가면극을
보네

안락사

편안하고 즐거운 죽음을
그럴 수만 있다면
얼마나 좋을꼬

즐거운 꿈을 꾸다
깨어나지 않는 그 모습
현실은 아니고 그저 희망이더라

순식간의 공포에
그냥 멋모르고들 말이네
나가자빠지는 죽음을 보네

전쟁 중에 생각할 틈도 없이
죽어가는 사람들의 그런 모습을
가슴 찢어지는 감내가 어려운
슬픈 마음으로 보네

멋모르고 생각할 겨를도 없이
죽어가는 그 모습이 말이네

안락사

그와 비슷해 보여도
편안한 죽음은 분명 아니어라
참담한 현실 속에서도
사치스러운 일이 꽤 있네

한쪽에서는 처참한 죽음 앞에
우왕좌왕인데
다른 한쪽에서는 그 안락사라니

편안하고 즐거운 죽음을 말하네
글쎄 저 무심한 하늘만이
그 답을 알고 있네

희극

자기가 하고 싶어도 못 했던 것
누군가가 하면 칭찬해 줘야 할 일
그걸 남이 한다니까 훼방을 노는 사람
배꼽이 배보다 커 보일세
사람 새끼도 아니더라

무슨 심보인고
희극 차라리 코미디였으면 좋겠는데
그 배 밖의 커다란 배꼽 잡고
웃기고들 어이가 없네

무궁화꽃이 피었습니다
꼭꼭 숨어라
그 새끼들 눈에 띄면
정상적인 것도 이상한 일이다

이상한 술래잡기
커다란 배꼽을 보네
우린 지금 이상한 그것을
그 코미디 같은 현실을
답답한 마음으로

어쩌면 좋을지 보고 있다

쓰레기들 왈

말하기를
이게 뭐하는 짓들이여

화가
잔뜩 나 있네
내용물만 쏙쏙
빼먹고는 말이어라

버려지는 그 쓰레기 취급
그 쓰레기들 왈

해도 해도 너무하지 않은가
다들 난리여라
이리 뒹굴고
저리 뒹굴고들

그 버려진 것들의
그 마음이 편하지가 않네

내용물만 쏙 빼먹고
뭣들 하는 짓들인고
뒤도 돌아보지 않고들
줄행랑을 치듯 재빨리
가버리는 그 속내들

어찌들 받아들여야 하는지
도무지 알 수가 없다고

글쎄올시다
어딘가에서 이거 쓸 만해요
그들에게 좋아서 선택받았어도
반갑지 않다고들 하더이다

세상 사는 그 일
미덥지도 않다지만

그 쓰레기로 버려지는
것이 싫어

궁색

참 안되어 보인다
그 칠색 팔색 가지각색들
울긋불긋한 색을 마다하고
하필이면 궁색인고

궁색 궁상맞고들
그래 보이면 남들이
안타깝게 볼 것 같다고 생각하는 듯

참 안되어 보이기도 하지만
거시기 글쎄 못나기도 하네

두엄 온갖 잡것들이
썩어 있는 그곳에
각양각색으로 내려앉은 낙엽도
썩은 냄새가 물씬 나는 그런 곳이어도
울긋불긋 빛나 보이는데
그 궁색만은 아니어라
참 그 꼴이 안 되어 보여

레드 라인

빨간 선을 그어놓고
그 선을 넘지 말라고 하네

레드 라인
그 앞에 보이는 신호등은
건너오라고 파랗게들 깜박이는데
어떻게 해야 할지 고민이다

장미꽃 빨갛고 그 빨간 것이
다 그런 것은 아닌데
건너야 하나 말아야 하나

사람 사는 것이 그렇네
때로는 사람들 스스로 만들어놓은
그 빨간 선이
스스로 진로를 막고 있네

가짜 뉴스

누가 급했나 보다
길거리에 오줌을 질질 흘려 싸고

술에 취하면
쉽게들 하는 그 짓
요즘은 맨정신에도 하더이다

가짜 뉴스
아무 데나 말이네
질금질금 감질나게
흘리고들 그러고 있네

그 가짜 뉴스

훈수

다들 쉽게는 말하는데
옆에서 보는 것과
눈앞에 두고 보는 것에는
큰 차이가 있네

훈수

대개는
그 쉽게 말하는 것
이죽거리며 판을 깨는 일
큰일이어라

그 싸움
구경

끼리끼리

어딘가 같아 보인다
가족 구성원 사이에도 그렇고
사회생활 하는 일도 그렇고
어느 나라냐 선택해야 하는
국가 간의 구분도

끼리끼리

줏대 없는 사람들은
어느 편에 서 있어야 할지
고민되는 일

홀로 된 자만이 섬이어라

세상이
그렇게 돌고 있네

끼리끼리
어지럽게들 빙글

아이러니

간단해 보여도
쉽지 않은 일
갓난아이가 울고 있다
아이가 말을 못 하니까
왜 우는 줄 모르겠다
힘만 드네 아이러니

치매를 앓고 있는
한 노인이 울고 있다
말씀하시는데
무슨 말을 하는 건지
도무지 앞뒤가 맞지 않아
그것도 헷갈리고 힘이 드네

갓난아이가 어르신이
울고 있는 그것을
도닥도닥 달래어 주고는 싶은데
뾰족뾰족한 무엇이
달리 도리가 없어

의심

의로운 마음인 줄 알았는데
그게 아니었네요

의심, 살펴보는 마음이었네
의심 그 의심을 한다는 말이
누가 듣기에 좀 불편해 보여도
요즘 대개는 그렇게 산다

나쁜 것은 아니어요
세상 참 험악하다 보니
작은 것 하나에도 두들겨 보고
가는 그 마음이 말이네

누굴 의심한다는 것이
참말로 거시기해도
의심하는 자가 길을 잃지 않네

어딜 가든 속았네
속았다고 뒤늦은 후회
속고 사는 것보다는 낫지 않을까?

그 시간

뚝딱뚝딱 시간이 가네
빠르게들 가네요

그 시간
늙어서들 가는 시간
가끔은 마음의 부담이어라

뚝딱뚝딱
가슴 조이고 두근두근
고장 난 시간이어서 더 그렇네

아이고 다들 그 시간 말이네
바삐 가지 말라고 하더이다
고장이 나 다들 망가졌지만
늘그막이라 그렇다고 하네

바쁘게들 가는 그 시간

신문 Ⅱ

보는 순간
어디서 보든
구문이 되더이다

신문 그 한 장 한 장이
뒤로 젖혀지고들 말이네
그저 인상 깊었던 기사만이
기억으로 남더이다

신문을 보네
어젯밤 무슨 일이 있었을까
궁금했던 것들이
신문지 한 장 한 장
뒤로 넘기고들 과거로 흘러가네

어디서 보든
보는 순간 구문이 되어

덕지덕지

가난한 살림

지난 신문 풀칠해 가며
벽지를 대신하여
그 벽을 바르고 있네

덕지덕지
신문에 묻어 있는
지난 과거의 수많은 일들이
사방에서 나를 보고 있더이다

그 가난한 살림

덕지덕지 풀칠해 가며
어찌들 살았냐고 하네

덕지덕지
그 덕지

NO WAR

노노~ 하고 손짓을 하네

다들 평화를 원하고 있네
폐허가 된 그곳에
꽃이 피기를 바라는 마음

NO WAR

전쟁이 빨리 끝나기를
기다리고 있어요

척박한 땅에서도 꽃이 피네
전쟁 중에 폐허가 된 그곳에
새롭게 꽃이 피기를 바라는 마음

전쟁, 전쟁 그 전쟁
그만했으면 좋겠다고 하네

여기저기 꽃으로들 피고
싶은 것들이 말이어라
간절한 마음 담아
애써 웃고들
손짓하네
노노

절세

절을 하고 돈이 생길세

그게 아니고
그 절세

머리 움직이는 건 맞는데
세배처럼 넙죽 아니고

이리저리 머리 굴려
돈 버는 방법도 있다고 하더이다

머리 굴려
굴려 마구
마구 굴려

그리하면 된다고 하네
그 절세

옷값 논란

걷치장
우리네 몸을 덮어 감싸고
꾸미는 일인데
그것이 늘 문제가 되곤 하네
사치스러워 더욱 그렇네
그 옷값 논란

비용이 문제다
지출 비용 말이어라
어느 지갑에서 나왔는지
대개는 자기 돈이 아닌 경우가
많아서들 그렇네

꾸미는 일,
꽃님네들 그저 웃고만 있어도
보기 좋은 모습인데
사람들은 그렇지가 않네

세상 사는 그것이
하도 보는 눈이 많아
꽃님네들 우아한 자태
그 모습처럼 보이는 것도
아서라, 아서라 하는데
쉽지는 않네

악마를 보았다

저 길가에서 그 악마를 보았다
꽃이 예쁘게들 웃고 있는 저 꽃이어서네요

들꽃처럼은 아니어도 좋다
악마의 그 꽃이요
무참하게들 웃고요

죽어가는 수많은 사람이 슬프게 만들고 있다
어디서든 그렇다 지금이 그때다
그런 때 그 꽃들이요 슬퍼서 그래

저 길가에서 그 악마를 보았다
또 왜 그러는지 그걸 모르겠다
눈으로 보고 두 눈 부릅뜨고 그렇다
천사는 전혀 아니더라구요
그 모습 그대로네요

1004 천사 그 날개가 없어요
저 악마의 그 시꺼먼 속에는요

흔한 이름 석 자 사랑도요
무엇이든 물어보세요
볼 수가 없다고 한다

무차별적으로 잔인한 사람들이요
그들이 그래 웃기고 있더라
우크라이나에서는 푸틴이요
생각지도 못했던 그것을 잔인하게 하고 있다
그 새끼가 무섭게 다 그렇게 하고 있다
자기 목숨은 아끼고서요
그러더라 개새끼 죽일 놈이 다들
지금까지도 꽃이래요
그 꽃이 그게 이상해서요

화목하게 지내는 것도 아닌데요
1818 니mi and 니에mi가
누군가의 힘이 드는 마음을
작살들 내고 있다가요

빨갛게 웃고들 있다 저 코미디를 하네요
보기가 싫었는데 그러더라
그게 저 미소 짓고 있는 그 모습 그대로네요

어디서든 거침없이들 웃고 있어요
지금도요 그래요
그 색깔은 상관없고 그저 좋아 해맑게 웃고 그랬답니다

죽어가는 수많은 아이가 글쎄여라 글쎄다
어떻게든지 지금은요 웃고요
그 죽어가면서도요?

저 꽃은요 억지로라도 아이고 머리야
모두의 그 머리가요 자연스럽게 다들 다 잘려서요
보고 있는 그것이 참으로요 그것 참이다

그저 처참해서 다 그래도 예쁜 꽃이다
그걸 지금 보고는 있다
모두가 마음이 아프다고 해도

말릴 수 있는 그런 꽃으로들 웃고요

뻔뻔하게 버티는 건 아니지만 이해되지 않습니다
염치가 없어서요
저 예쁜 꽃들이 웃고 비극적이다
그 꽃이 비극이요

희망을 가지고 있는 그것이 말이다
꿈을요 꿈을 자꾸 꾸고 있어요

왜 그러는지는 전혀 모르겠다네요
그러면서도요 그 꽃을 다 함께 보고 있다
참으로요 다들 꽃이어라 그 꽃이
글쎄 참참 허허요
허 ㄱ ㅎ

참으로요 다들 꽃이래요 지금도
웃기지는 않나요 ㅋㅋ
크게요 킥킥

꽃이어라 그 꽃이 누군가 지금도요
보고 있어요 다들 숨어서 몰래요
훔쳐보고 있다 될 대로 되라고 하더이다
쓸쓸하게 혼자서

1818 니mi 니에mi
씨팔 좆 까고 말했다

사기를 치고 있어요
아무도 모르게 그곳에서는 그것이요
당연한 결과이지만 그래도 된다는 그
그런 법은 없다 세상에는 참
두 종류의 사람이 어디든 있다

그런 악마 같은 느낌이 드는 마음과
천사의 그 마음이 그렇다고들 해요
갈라서는 사랑이요 행복하니까 그랬답니다
꽃으로들 피어오른다 어디서든지요
그래요 저기 있는 그 꽃

그래서인지 무얼 해도
그게요 저저 그 저 꽃은요

악마의 그 꽃과는 그 비교가 안 된다고 하네
모든 것이 알고 보니 그게 그렇더라구요
다요 다요 다요 다 조금은요
그렇다고들 웃고 있는 그저 그 꽃이요
웃고들 있는 그 꽃이어라

다 다들 늘 눈여겨보고 있어요
두 눈 부릅뜨고 그렇더라구요
다요 참으로네요
이상해서 그 요상한 것을 지금요 그랬답니다

껍데기만 남은 하루가 다 저물어가는군요
황혼에 보고 있는 그것이 노년에는 정말 좋은 그 꽃이어라
붉은빛으로 짙게들 깔린 슬픈 예감은 틀린 적이 없다고
들 하더이다
　그 요상한 꿈을 꾸고는 선물 저 선물이 그거래요

그 꽃이 그 꽃은요

그게요 그랬구나 아 진짜 그렇더라구요
다요 참 슬픔 속에 그댈 지워야만 했다
비가 슬며시 슬프게 만들고 있다
눈물을 머금고요
가슴 속에서는 그랬구나
속상해요 속상해요

다들이어요 행복하다고 느끼는 거지만
속상해요 꽃이 피는 것을 보고는 싶은데
그게 지금은 볼 수가 없어요
전쟁중에 있어서요
그렇다네요 해바라기가 꽃으로 피어 있다
그 참혹한 현실에서요 요즘에는요 그거요
실지로는 그래요
해가 뜨는 것을 보지 않고요
그 꽃이다 그 꽃이 저 꽃 저 꿈을 꾸고 있어요
그런 마음으로 사네요

꽃이 아니면 포기하지 않고서는
그렇게들

바닷가 섬마을에 가면요
그 섬사람들이 그렇게 살고 있다
여지껏 몰랐어요 그걸
다 다들 희망인 그것을요
어부들의 꿈이더라
지금도 만선의 그 꽃이 피는 그 꿈이요
그렇다 지금 저 그곳에서는요
어여쁜 아가씨가 웃고 있다

슬프다고 모두가 말하면 눈물이 난다고 하더라
슬픈 그 꽃이 아닌데요
눈물이 난다
비 님이 오시네요
슬픔 속에 오시나요

빗물은 슬픈 현실과는 다르다고 해서

강물로 흘러가는 그것이
후일에는 시를 쓰고 있는데요
그 시인의 마음이래요
아프다고 하면서요
안주 없이도 깡소주 한잔 마시고는

그 아픈 현실을 직시하고는
예쁘게 웃고 시를 쓰고
어디서든지 쓰고는 있다더라
뭔가 좀 괜찮아서 그래요
부풀려서는 웃고요

쓴 소주 그 한잔을 마시고는 그랬답니다
저 슬픈 그런 그 노가리를 까고는 그랬답니다

명태가요
동태가 아니라 전혀 모르는 일이어라
동태찌개가 되었다
그 동태가요

그렇게들 저요 저기서요
수많은 물고기의 맛을
함께 어울려서 저마다의 예쁜
그 아픈 맛을 내고 있다
모두가 다들 그 꽃 즐겁게들

소주 한 잔 마시고는 취해 홍이 나고 있다
난다네요 그것도 모두가 다들이지
흠뻑들 웃고 취해서요

노가리면 좋을까요
황태가 좋던가요
무엇이든요 물어보세요
그거가 깡소주 한 잔에 김치전 조그맣게
녹두 빈대떡도요 가리지 않고서는
김치들 하면요
한 컷들 실컷 먹고는
웃음이 저절로 나온다고 한다

저요 저 그리고는요
모든 것을 아름답게요
언제든지요 함부로요
수없이 마구 다 집어 들고
웃고들 꽃으로 피어 있어요
악마의 그 꽃이요
처참하게 있어도요
어디서든지요 미안해서요
부끄러워 그렇게

그 악마가요
잔인한 사람들에게는 용서하는 마음들이요
요즘 사랑이 행복하니까요

그렇다 해도 지금은요 다들요
다가 저 그저 길가에 핀 들꽃처럼 아름답게요
수줍다

진다

이기고 지는 그런 의미가 아니다
한때는 예쁘게 웃고들 핀 꽃님네들도
저 저물어가는 세월을 이길 수가 없어서

살짝 흩날리는 그 바람에도
그것을 어떤 식으로도 버틸 수 없어
색색의 웃음이 기쁨이고 사랑이기도 하고
꽃님네들 자신은 물론이고
그 모두의 즐거움이었던 그것을 쓸쓸해 보이는
자연적으로 얄밉게 부는 그 살짝인 고 저 바람이
어찌들 하던 그 귀한 아름다운 몸과 마음을 그네
스스로 마냥 좋았던 시절의 그 모든 것을 다들 다
통째로 내려놓고서는 가슴에 씨앗 하나 그 하나를
품고서는 푸른 나무에 살짝 맡겨놓고
그게요 풍성한 열매로 자라서는 저 내년 그 봄에도
예쁜 꽃이기를 희망인 그것으로들 남기고
지난 소풍이 그런대로 즐겁고 행복이었다며
사는 그것이 영원한 그런 것은 아니라며
어쩌면 슬퍼 보이는 그 모습 그대로네요

조용히 힘이 들 것 같은데도
기쁜 그 마음으로들 순종하고 푸른 저 하늘을
그나마 예쁘게도 보기 좋게들 장식
그렇게 휘날리고는 가더이다
꽃이어라 그런 속내가 깊은 꽃이더라
우리네 사는 것도 그랬으면 좋겠어요

어디가 되었든 저승이든
멀리 떠나는 그런 것들이 저
살짝이 부는 바람에도 마음만은 웃고요
사랑스런 어여쁜 꽃의 마음
그대로 아무런 원망들 없이

흩날리며 어딘가에 편하게들
떨어지는 그런 모습이면 좋겠나이다
모진 바람이 불어도 흔들리지 않고
우리네 죽고 사는 그것이 그랬으면 좋겠어요

저물어가는 해님이 빨갛게들 수줍게

이쁘게 물이 들어 꽃님네들 지는 그 모습을
자세히 들여다보고는 자신도 지금은요
되도록 아름답게 지려고 하더이다

어둠이 다 지나가고 나면 다시 해가 뜰 것이라며
꽃님네들의 그런 여유가 있는 자연스런 그런 그 마음처럼
그렇게들 말을 하더이다

내년 봄에는 그 꽃님네들이 품었던 씨앗이
저 풍성한 열매로 남아
누군가에 의해 아주 어여쁜 꽃으로
다시금 보게 되는 그 꽃들이요
저 웃고들 필 것이라고 하더이다

사람들의 그 사는 것도 그렇네요
웃고들요 아름다운 그런 이별이면요
그 꽃님네들처럼이나 해님처럼은 아니어도
참 웃고들 잘 살다가는 그 모습이 그대로요

누군가에게 기억이 되는 빛으로 오래오래
그렇게요 남아 있을 것이라고들 하네요
꽃이 지네 해가 지네요
다시금 꽃으로들 웃고들 피고
저 저무는 해님도 내일 이른 새벽에는
희망을 담아서요
뜰 것이라고 하더라

사람들은 그렇지는 않아도요
누군가의 기억으로 저 오래도록
추억인 그것으로 그렇게 남는다고 해요
살아 있을 적 사랑인 그 은은한 미소가 그래요
웃고

예에 예요 다들 꽃이래요 화목하게 되겠지 웃네요
그거 그렇게들이다 억지로라도 좋아한대요
누군가가 적당히 그러더라 모든 것이 맛있게들 드
셨나요 하고는 싶은데

그게 실지로는 쉽지는 않아요
모든지 다 꽃이다
그게 실지로는 쉽지는 않아요
모든지 다 꽃이다
그것도 예쁘다는 그 꽃이어
거 보기가 너무나 좋다고요
어떤 음식이든 전혀 가리지들 않고요
먹는다고들 그렇게들 합니다
흰 쌀밥은 정말로요 그러네요
맹물에도 소금 그것 하나면요
제대로 된 그것이 그런다 허허 싱겁게
니가요 아니어서 다행이다라고도 그 맛이
다들이지 있다고 하더이다
그렇게들 표현을 해요 지금도요 어디서든지요
요즘도 그랬답니다
사랑하는 예쁜 꽃처럼 보여지는 것들

그런 그 꿈 꾸고들 있어요
그런 마음으로들 사네요
그 꿈속에서 모든 저 밥상의 그 맛이 있다는 그런 음식을
먹고는요
또요 또들 또다시 새로운 꽃으로도 핀다고 하더라
그 맛이요 무식하게들 있어서요
그 아름다운 저 꽃이어라
저 꽃이다 그 음식은 그렇다 분명하게요
지금도요

저 꽃은 그 꽃이어라 그 꽃이더라
늘 함께하는 그것 그것이요 허
그것을 가지고는 있습니다

수돗물로 그러더라고요
보고 있기가 힘들다고 하면서
지금 우연히 보게들요 그 꽃이
그렇게 되는 웃음꽃이
그 지금은요 다들

그 웃는 얼굴로 표정을

예쁘게들 짓고요
다들이지 거 그런다 그
지금은요 아무리 생각해도 어쨌든 그 꽃이
빈속이어도 깡다구 있게
보고 있기 무섭게

그것이 그러더라 미소를 크게 짓고 있다
거참 처음처럼 두꺼비가 있는 늦은 시간에
재래시장 좌판에 드문드문 널려
연세가 많으신 주모가 주는
김치전이나 녹두전에 그 빈대떡에도
빈대를 붙고서는 돈이 없어서 헤프게들
지나치게들 실없이들 웃고요
그거가요
쓴 소주를 지금도요 한 잔 마시고는요
늦은 주막의 밤이 깊어가네요
맹물에도 불구하고 뭐든 맛있게 드세요

소금에도요 그냥저냥
찍어서들 웃고 드세요 그 꽃을요
다시금 저 짜다는 그 꽃
그러는 그 소금꽃이 다들 천일염이래요
하얀 황금빛이 나는 그
저 소금 그 꽃이 아니라도
그냥 그냥요
저 그 맹물에도 불구하고 그 맛이 저 맛이
정말로 무지하게들 그곳에는요 어디서든 그렇게
무식하게도 많이 들어 있다고 하더이다

어디서든지 모든 것을 전혀 가리지들 않고
그렇다고들 해요
지금도요 계속 그랬답니다
저기서요

허허 허 싱겁게 웃네요 해맑게들 허겁지겁
허ㄱ 허
그 예쁘다는 그런 꽃을 피우고 열매를 먹더라
저 꽃이

어떤 그리움

  그 어떤 그리움이 저 멀리 보이는 그 험한 바닷가 한가운
데서요
  무지하게 성이 나 있는 그런 무섭다는 몹시도 아주 험하
게요 요동들 치면서 출렁이는 그 높이도 치솟는 파도를 아
무것도 다 아닌 것처럼 오고들 있어요

  그 옛날이 무지도 그립다고 했던 그 일이어요
  저 성들이 많이도 나서 어떻게도 할 수가 없는 그 파도가
  나의 워낙에 그리워서 그 엄청나게 애가 타는 그런 그 마
음을
  다는 아니더라도 아는지 왜인지는 자세히는 모르겠지만요
  겉으로는 웃고들이지요 아무것도 아닌 척들 하고서는요

  저 그 무지하게 성이 나 보이는 고 화가요
  도대체가 뭐라고 할 수가 없을 정도로 글쎄여라
  지금 당장이라도 무슨 일을 낼 수 있는 그것들만큼이나
  아주아주들 모질게도 화화 그럴 것 같은 그 화들이요
  엄청이지요 뾰족한 뿔처럼 잔뜩들 나 있어요

아이고 그거 대개는 다들이네요

아주요 요상하게 거품들까지도요 입에다 잔뜩이지

물씬들 물고요 그냥 짜증만 난다고들 마냥 그러고들 있
어요

보고 또 보고 있는 그것이 말이어요 그렇게들 머리끝까지

쭈뼛쭈뼛하게도요 몹시도 다들이지 무섭다고들 해요

아 아, 나의 사랑하는 그 바다야

저기 저 험한 바다여

내 그 나의 그리움이 잔뜩 흐린 모습 그대로 있는

저 푸르고도 더 푸르게만 보여지는 그 많이들 화가 나서도

아닌 척도 태연하게 말하는 나에게만은 분명 다들 말이
어요

그저네요 모두가 착하게만 보이는 그 저기 저 푸른 바다여

나는 나는 그러고 있는 마음이 불편하기도 한 그 나는 말
이요

그 누군가가 그렇게도 어이가 없도록 간절히도 애가 타
고네

그리워서 어찌 되었든 많이도 보고는 싶어서 에고 지네

우울한 그 비 님이 저 하늘 높은 곳에서 생각지도 못할 정
도로
　막무가내로 저 쏟아지며 엄청 무작정들 모질게도
　마구들 들이대고 오시는 그 이런 구질구질해 궂은날이면
　저기요 저기 저기요 아무도 없는 조 바닷가 험한 곳에 있는
　수많은 갯바위가 다들 왜 그러는지는 모르겠어도
　외로울 것이다고 그렇게들 쓸쓸하게는 보여도 모두 다
　각자가요 저 홀로들 외롭게 웃고 있는 그 쓸쓸하게도
　남들에게 저 힘이 없어 험한 모습 그대로들 지고 있는 그
　아니고들 안되어 보이는 그 꽃님네들 저 갯바위에서 하
는 저
　다들 아는지는 거 그거 몰라서도요 그 슬픈 그렇게만 보
여지는
　아이고 어떤 그 일들의 그리움도 엄청나게 섞여
　가만히 누가 뭐라고 해도 그렇네요
　처연하게 하는 그 눈물과 슬픔 속에 그리움이 무지한 그
리워하는 그 마음들이 모여서
　서로가 서로를 억지로 억세게도 속에 있는 마음들이 다
네요

어처구니가 없게도요 다 한쪽으로는 잔뜩 화가 나서
고대로인 그런 꽃 떨어지네
예쁘게만 그렇게들 보이던 그 꽃님네들 아주아주 많이도
그 예뻤던 그런 시절이 하찮게
그냥 가만히 있어도 그저 슬픈 조 모양이라고는 없다는
그 모습 그대로들 보잘것없는 것으로들 떨어지네요

아 아, 저기들이요 저기를 좀 보세요
다들이어요 행복하다는 그런 시절 다들이지 보내고는요
그 꽃님네들이 저리도 슬피도 허무하게 떨어진다
아 아, 아이고 저 갯바위에서의 저기 저 그 갯바위 아래로
보이는
성이 화들이 잔뜩들 모질게도 나 있는 저기 저 보이는 그
험한 바닷가 그 파도가
하얗게들 보이는 게거품까지 물고서는

그 꽃님네들이 요 갯바위에서 지금 하는 그 애가 탄다는
하소연을 있는 그 모습 그대로요
더는 그 누군가에게 더는 보태지도 않고서 고스란히 다

모두 귀담아듣고 있네요

   그거 저 언제든 어두운 밤이 깊어지면 더 누군가를 글쎄
다 엄청나게 많이 그리워하고요

   무지들 외로워할 것만 같은 쓸쓸하게 보이기도 하는 성
난 그 파도가

   다 한때는 다들 저 외로워서요

   그 누군가를 몹시도 그리워했던 저 갯바위의 그 옛날

   그 슬픈 사연을 듣고는 상담을 했던 좋은 멘토가 되어

   저 슬픔과 그리움이 교차하던 갈등이고 고통이기도 하여

   숱한 상처로 보여서 커다란 아파들 하는 그런 마음이기도

   그래 보이기도 하였던 그것을 고루 보듬고 어루만져 주던

   그때의 그 모습이 그대로여라

   저 갯바위들이 그러네

   파도여 저 성이 많이 나도 아닌 척들 하고 있는

   나의 그 푸른 파도여 험하게들 몹시도 마구 출렁이는

   아이고 나의 사랑이 고스란히 지금도 버티고 있는 파도여

   그 파도를 보고 또 보고는 다들 그러네요 바로 저기요

   그 갯바위가 지금도 예나 지금도 하나같이 다들이네요

174

변함이 없이들 그러네요 고맙다고요

뭐든지 다들 저 파도가 너무 감사하다고 하더이다

그걸 물끄러미 아주 처연하게 바라보고 있는 저 슬픈 모습 그대로요

떨어지는 한때는 모두가 예쁘게들 보였었던 그 꽃닢네들이

갯바위에서 했던 그 하소연을

저 하얀 성이 난 게거품까지도 물고 화가 잔뜩 나 있던

해맑게들 깨끗이 겸손한 푸른 마음을 가진 파도에게

다 하나도 빠짐없이 고스란히 그대로인 채로

모두 가만히 들어주고는 위로와 다시금 예쁘게 다음에도요

꽃으로들 웃고 피고들 싶다면 힘이 들어도 내년을 기다리고

기다리다가 보면 누가 아닐 것이라고들 해도 그 기다리는 고

마음들이 보이지는 않는 그 지는 꽃닢네들 그 가슴 속에 그게

어디든지 조금만 있어도 어여쁜 꽃으로들 웃고 떠들고 필 것이라고

그 화가 잔뜩 나 보이지만 겉으로만 그러고

진짜 그 속은 깊은 뜻이 있는 사랑이기도 하여 다른 모두에게

그저 전부가 다 기쁨인 그 통이 큰 파도가 말이어요

제게 힘이 없이도 떨어지며 갯바위에 저 수많은 하소연을

있는 고 자체로들 하고 있는 것을 보시고는요 그 기다리고들

있는다면 다시 또요 언제든지 그 언제이고 꽃이 피는 계절엔

분명 예뻐 보이는 꽃으로 필 것이라는 그 희망을 아주 많이도 주었어요

그저 고맙기도 하고 늘 감사한 마음이어요

아이고 에고여라

나요 저요 그 아니고서도

내가 꽃나무에서 힘이 없어 하였던

내 지던 날의 그 슬픈 사연을 듣고는

나에게 많은 도움이 되었던 그리고는 희망이었던

저 갯바위에서 그 갯바위에 하였던 그 하소연이 다

저기요 저기 저 성나 보이는 그 파도의 화가 많이 난
그 모습들을 아무런 말들이 너무나 없어도
다들 물끄러미 그윽한 그런 좋아 보이려는 눈빛으로네

허허 허 허ㄱ
그거요
무지도 좋아서들 끊임없이들 바라본다

그거 다가요 남들 보기에는 그 눈에는 어찌 보이는가는
잘은 몰라도 그거 그거 다 모두가 다여라
어디서든 죽어서도
예뻤던 꽃잎이 떨어져서도
그 누군가가 무지하게 보고는 싶은 저 꽃님네들이
슬픔인 모습으로 지면서 하네요
사람들도 그런다고 해요
그 죽어서도 저승에서는 이승이 그립고
힘이 드는 그 이승에서는 저 하늘 높은
그 저승에 있는 그 누군가가 무지하게 보고는 싶다네요

그거, 다들이네 다요 지네요

어디서든 무지하게들 보고는 싶은 그런 그리움이어요

그런, 그런 눈물이 듬뿍 담겨 있는 그 마음들이 그래서들
그래요

저기요 저 저기요 갯바위에서

하얀 거품들 화가 많이 난 상태로 물고 넘실대며

아주아주 엄청나게 많이도 출렁이는

그 폭이 크고도 넓게만 보이는 우리 모두의 파도여 그 푸
른 그

허 허, 허ㄱ

파도의 폼나게 멋져 보이는 그래 그래요 넓고 넓은 고

아름답다 누구여도 다들

아름답다는 그 표현이 어여쁘게도 웃고들
저 무진장 예뻐 보이는 그런 꽃들만은 그거 아니었네요
뭐라도 말이어요
웃고들 자세히 가까이 다가가서 보면 말이네요

그 꽃이 된다고 해요
그거 그거가 말이다
생각했던 그런 것들보다는 아주 쉽네요

자, 모두 모두 그 모두들 다들이지 말이네요
히히 헤헤 호호 허허 허 ㅋㅋ 어떻게 해서라도
그렇게들 아무런 사심들 없이 웃어 봐요 웃어들 봐요
지나쳐 보이는 심한 욕심들 내고는 인상들 쓰지 말고요
웃고들요

그냥 아무 생각 없이들 편하게 무조건이네요 우선이지요
어느 누구도 먼저요 수줍게든 예쁘게든 그게 아니면요
허허 허 덤덤한 척 호탕하게들 웃어봐요

그거요 어떻게 봐도
어디서든 보아도
참말로여라 진짜로 거
그거 다 대부분 사랑이어요 행복이어요

어디서든 참이지 그것참
누가 봐도 다들이네요
아주아주 많이 보기가 너무 좋아서요

행복해 보이는 그 모습이 다 사랑스럽네요
하고서는 글쎄요
저 해맑게 다 함께 아름답게 웃고 꽃으로들 피네,

과연 기다리면 희망이 있을까?

박관식(소설가)

김동우 시인의 시는 기존의 시와는 사뭇 다르다.

이른바 정통 시단이라고 자칭하면서 일종의 시위 비슷한 암묵적인 행사와 행동을 거리낌 없이 저지른 기성 시인들에게 쓴 미소를 던진다.

그러면 그들은 속으로는 뜨끔하고 심지어 아프면서도 아닌 척 조소한다. 하지만 김동우 시인은 그런 것들에 아랑곳하지 않는다.

김동우 시인은 이번 세 번째 시집 『희망이 있으니까 기다린다』에서 그런 응어리진 속내를 과감하게 속절없이 드러내고 있다.

그래서인지 유독 다른 시들보다 과격한 언어들이 난무한다. 어떤 장면에서는 독자들이 불편해할 수 있는 욕지거리도 거침없이 해댄다.

그런데 그런 불협화음이 오히려 독자들에게는 대리만족을 주고 있다. 바로 그런 점에서 김동우 시인의 서사적인 시사성과 묘하게 곁들여지는 무침이 맛있게 신선한 충격을 전해준다.

그 대표적인 시가 「물고기 그 물회가 잔뜩 화가 났다」, 「탈」, 「가짜 뉴스」 등 작품인데 너무나 직설적이어서 독자들로서는 후련한 카타르시스를 맛본다. 그야말로 통쾌하다.

시 「물고기 그 물회가 잔뜩 화가 났다」를 보면 시인의 상상력이 형이상학의 단계를 훨씬 뛰어넘는다.

'날로 빨간 구멍이 난 빤스까지 다 벗겨놓고 / 날이 선 회칼로 도마 위에 엎어놓고 / 난도질할 그 사람들이 / 여의도 그 작은 섬 그들만의 나라에 / 거기에 가면 수없이 참 많다던데 / 웬 그 지랄 지랄들인지 / 벌건 대낮부터 그 쓴 소주 한 잔에 / 다들 많이 취해서 웃고 / 그리고 생각들 없이 살고 / 남들 보기에 너무 염치가 없는 / 그런 줄은 아는지 / 이승에서 그 고시는 끝 저승에서 / 웃고들 만나세요 / 물고기를 잡은 그 새끼들이나 / 회를 뜬 그 개새끼나 / 날로 먹는 놈들이나 / 다 그 쓴 소주의 위로가 되었으면'

시인은 물고기의 '빤스'라는 잘못된 표기를 일부러 써 해학의 묘미로 여의도 작은 섬 그들만의 나라에서 회를 즐기는 사람들을 슬며시 꾸짖는다.

'탈이 많네 / 탈원전처럼 무엇으로부터 / 벗어나고자 하는 / 이탈의 의미도 있고 / 멀쩡한 것 위에 / 덮어씌우는 의미도 있네 / 하회탈처럼 말이어라 / 이것 말고도 탈이 많네 / 탈자가 들어가는 것들의 / 현실 부정'

「탈」이란 시에서는 갑자기 '탈'을 끄집어내며 전 정권의 '탈원전' 정책을 끄집어내는가 싶더니 하회탈과 함께 '현실 부정'이란 당면과제의 허와 실을 비웃는다.

또한 「가짜 뉴스」란 시를 접하면서, 시인이란 인물들은 세속에 대해 별다른 관심이 없을 듯한 선입감을 가졌던 것이 여지없이 무너지는 묘한 비굴함에 헛웃음이 나온다.

'누가 급했나 보다 / 길거리에 오줌을 질질 흘려 싸고 / 술에 취하면 / 쉽게들 하는 그 짓 / 요즘은 맨정신에도 하더이다 / 가짜 뉴스 / 아무 데나 말이네 / 질금질금 감질나게 / 흘리고들 그러고 있네'

시인은 '가짜 뉴스'를 취객들이 취중에 길거리에서 방뇨하는 것으로 알았던 모양이다. 그러나 취하지 않았는데도 '가짜 뉴스'를 남발하는 패거리들이 난무하는 대한민국 언론계의 현실을 신랄하게 비판한다. 하지만 그들이 그것을 알는지….

김동우 시인이 앞서 발표한 두 권의 시집과는 달리 훨씬 과감해진 시어들이 의미하는 바가 무엇인지, 그것은 순전히 독자들의 몫일 듯하다.